Umschlagfoto: Martin Andreas Walser © 2013

Copyright © 2013 Martin Andreas Walser

Herstellung und Verlag: BoD - Books on Demand, Norderstedt

ISBN: 9-783732-244928

Martin Andreas Walser

Zwischenhalt

Notizen | Gedanken | Texte

*Ich habe nachgedacht
gestern Abend.
Ich tauchte ins kühle Nass
meiner Gedanken
und wäre beinahe
ertrunken.*

Schreiben

Welches Genre bedienen Sie?

»Welches Genre bedienen Sie?«, fragt sie oder fragt er, und diese Person bringt mich in Verlegenheit. Zugegeben.

»Keines«, möchte ich nämlich spontan antworten.

Doch geht das?

Darf man diese Antwort geben oder auch nur daran denken, sie geben zu wollen?

Es muss doch alles katalogisiert werden können!

Es muss doch Ordnung herrschen!

Ein Label will verliehen sein.

Manchmal, muss ich eingestehen, werde ich richtig neidisch: Diese Person schreibt Krimis, jene Liebesgeschichten und eine andere historische Romane.

Und ich?

Es will sich partout keine »einfache Geschichte« einstellen oder zumindest keine, die sich in diesem oder jenem säuberlich angeschriebenen Fach ablegen lässt.

Dies jedoch stimmt mich glücklich.

Der weiße Raum

Als beträte ich einen großen, weißen Raum: Mir stehen vier Wände zur Verfügung und die Decke und der Boden, falls die Wände nicht ausreichen, um jenes gewaltige Gemälde entstehen zu lassen, von dem ich offensichtlich derart begeistert gesprochen habe, dass man mir dieses Zimmer, einen Saal mit opulenten Ausmaßen zur Verfügung gestellt hat.

Noch kann niemand das Bild sehen – nur ich [dass mir dieser Raum zugeteilt wurde, hängt somit sehr wesentlich, ausschließlich gar, will ich vermuten, mit grenzenlosem Vertrauen zusammen, das man mir entgegenbringt]. Erblickt mit meinem geistigen Auge habe ich es in den Nächten, bevor ich in das Haus eingetreten bin, und jetzt, da ich dieses Zimmer vor mir sehe [eine Vision zu haben und sie in der Realität auf vier Wände, so und so lang und so und so hoch, auf dem Boden, Holz?, Teppich?, nackter Beton?, Fliesen gar?, und allenfalls an der Decke platziert zu sehen, sind zwei vollkommen unterschiedliche Dinge, wie jedem geläufig sein dürfte, der schon geträumt und, als er die Augen aufschlug, völlig andere Umstände vorgefunden hat!], weiß ich bereits nach wenigen Minuten bis in die letzte Einzelheit, wie es dereinst aussehen wird: Hier, gleich links der Türe werde ich diese Personengruppe platzieren, von der ich geträumt habe, und dort den Engel, dort fließt das Gewässer, hierhin wird die Häusergruppe zu stehen kommen und so fort: alles fügt sich in Sekundenschnelle zusammen, alles scheint sich, von einer unsichtbaren, magischen Hand geführt, an die richtige Stelle zu bewegen, und schon erstrahlt das Werk in seiner ganzen, einer opulenten Pracht [ich liebe Opulenz, auch beim Essen], obwohl der Raum sich jedem anderen Besucher nachwievor und rundherum noch in vollkommenem Weiß präsentiert.

Ich skizziere in aller Eile [die Angst steht stets Pate, sie werde nicht ausreichen, die Zeit, das Werk zu vollenden] alles mit Kohle, schnell und unvollkommen, einige Striche bloß. Dieser und jener Einzelheit, da ich bereits jetzt etwas detailverliebt bin, widme ich mehr Zeit, während ich an anderen Stellen bloße Platzhalter an die Wand notiere. All dies muss rasch gehen, damit ich nichts vergesse: manche Gedanken und Ideen und Vorstellungen verflüchtigen sich leider nur allzu schnell [und es beschleichen mich deftige Zweifel, je länger es dauert, dieser Anfang vom Ende!, ob ich nicht dies besser so und anderes gar nicht verwende].

Natürlich verändert sich im Verlaufe meiner weiteren Arbeit, während des stunden- und tage- und wochenlangen Malens und liebevollen Ausmalens noch einiges, hier wische ich ein skizziertes Element weg, dort übermale ich eine Partie...

In genau dieser Weise entstehen meine Geschichten.

Es könnte alles auch ganz anders gewesen sein

Es könnte alles auch ganz anders gewesen sein: die permanente, mich oft ermahnende Begleitung beim Schreiben – als stete Herausforderung, alles immer und immer wieder und sorgfältig zu überdenken [nicht: die Recherche auf Genauigkeit zu überprüfen, dies ist nicht dasselbe, doch ist das eine Bedenken gewiss nicht schlechter wie das andere!], und ein Hemmnis zuweilen: Was, wäre doch alles ganz anders gewesen?

Der jähe Zweifel!

Mitunter führt dies dazu, dass es mich mittendrin juckt, die Geschichte zu verwerfen, sie neu, ganz anders zu erzählen. Oder: ein kleiner Eingriff hier, eine winzige Veränderung dort...

Indes: dem Zweifel, ein bohrender Schmerz bereits, widerstehen! Weitermachen!

Mitunter schleppt man sich ins Ziel wie der Langstreckenläufer, völlig erschöpft, oder wie ein gefährlich Verwundeter, der mit letzter Kraft am Leben bleibt, bis Hilfe eintrifft.

Dass ich mich beeilen müsse

Dass ich mich beeilen müsse: Mit schon fast boshafter Beharrlichkeit bedrängt diese Botschaft mich regelmäßig, als in harschem Ton vorgetragene Aufforderung sucht sie mich heim, als plumpe Drohung, deren Dringlichkeit unterstrichen ist mit einem Peitschenhieb oder einem ermunternden Lächeln, einmal will sie mich anspornen, mich aus der Lethargie reißen, mich motivieren, ein andermal führt sie mich an die Grenze des Aufgebens, sie stößt und piesackt mich, sie prügelt auf mich ein, wechselt die Taktik, versetzt mich in Hochstimmung, und gleich danach drängt sie mich an den Rand einer Depression, tags, in der Nacht, selbst bis in die Träume hinein verfolgt sie mich: »Schreibe, schreibe, schreibe und erzähle, so rasch du kannst, denn schon morgen könnte es zu spät und du von dannen gegangen sein, vergiss nie die Endlichkeit aller Dinge und somit deines Lebens!«

Die grausame Aufforderung, dieser ultimative Befehl, nicht eher zu ruhen, bis alles erzählt und ausgebreitet und kommentiert ist, lässt mich die schmale Grenze nur allzu deutlich spüren, die zwischen Euphorie und Verzweiflung weniger klar gezogen ist, als dass sie sich unscharf und in einer vagen Schlangenlinie irgendwo in der Weite verliert. Zudem ist sie an vielen Stellen unterbrochen. Dergestalt wurde sie in meinem Gehirn abgelegt, stets präsent und gleichwohl nicht zu fassen, schmerzend, bohrend, schrill, die Nerven bis zum Zerreißen belastend, es dröhnt in mir, das Jaulen, dem Aufkreischen einer Kreissäge nicht unähnlich, es schwillt an und ebbt ab und wird mitunter plötzlich unterbrochen von großen oder kleinen, in jedem Fall unregelmäßigen Pausen, sodass man sich nicht darauf verlassen kann, wann sie beginnen und wann sie enden. Die auf diese Weise entstehenden Momente des absoluten Friedens sind indessen nicht weniger beunruhigend und belastend, sie lassen sich kaum genießen und kein Entspannen zu. Sie sind somit beileibe nicht erholsam, diese Augenblicke, ganz im Gegenteil!, da die Ruhe denselben Vorwurf in anderem Kleid vorträgt, selbst diese unendliche Stille wispert und flüstert und raunt: »Beeile dich, sonst könnte dir zum Schluss die Zeit fehlen, oder du könntest alles vergessen haben, was zu berichten gewesen wäre oder was du hattest erzählen wollen!«

Ich weiß nicht, welche Aussicht die schlimmere von beiden ist!

Aus: »Die Zukunft der Zukunft: Zur Vorspeise die Flamme«,
Teil 2, 2012

Du schreibst so schön

»Du schreibst so schön«, hat man mir früher immer gesagt - und schon lag irgendeine Karte vor mir. Dabei schreibe ich alles andere als schön. Was man erwartete: Dass ich die weisse Fläche mit einigen »schönen Worten« verzieren würde und nicht bloss mit »Alles Gute zum Geburtstag«, »Mein Beileid«, »Herzlichen Glückwunsch zur bestandenen Prüfung« oder so.

Also schrieb ich etwas Schönes, was jedoch insofern ein sinnloses Unterfangen war, da niemand es lesen konnte.

Denn schön schreiben, das kann ich nicht.

Man sieht mich schmunzeln

Dass da einer in seinem Kämmerlein sitze und dichte und schreibe und nachdenke und mit klammer Hand Wort an Wort reihe; wenig, erfahre ich mitunter, hat sich an der romantischen Vorstellung geändert, die man sich vom Dichter, vom Schriftsteller, darüber macht, wie der Autor dieses oder jenes Bändchens oder dicken Wälzers zu Werke gegangen ist. Wer nebenher einer anderen Tätigkeit nachgeht, nachgehen muss!, statt sich ganz auf das Dichten und Schreiben zu konzentrieren, der erscheint in diesem Kontext als suspekt: da doch das Schreiben Lebensaufgabe, Berufung, Passion, alles verzehrende, die letzte Lebenskraft verschlingende Leidenschaft bedeute!

Wenig weiß man, vieles träumt man in ein solches Leben hinein, das vordergründig Freiheit bedeutet.

Ob ich klage?

Mitnichten!

Man sieht mich schmunzeln.

Geist und Körper

Was nützt ein wacher Geist, meldet der Körper, er sei zu müde, den Stift festzuhalten, der die Gedanken zu Papier bringt? Bleibt die Hoffnung, der erholte Körper treffe am folgenden Tag nicht auf einen müden Geist, da sonst der Stift in der emsigen Hand nur Unsinn niederschriebe.

Sein

Ich bin – nicht

Da sitze ich also und bin nicht, obwohl ich glaube zu fühlen [und, natürlich: zu wissen, soweit die Vorstellungskraft oder der Übermut ausreicht, sich wissend zu glauben], dass ich bin. Alles um mich herum ist bloß Imagination, kleinste Materieteilchen fügen sich ausschließlich in meiner Vorstellung zu dem zusammen, was meine antrainierte Wahrnehmung mir als Realität suggeriert. So also ist auch dieses Blatt nicht – gehalten in Händen, die nicht existieren und gelesen mit Augen, die es nicht gibt.

Das Nirgendwo existiert nicht

Reduktion auf sich selbst: Hineinhören statt hinausposaunen! Kommunikation mit der Seele anstelle der Gespräche mit Dritten. Doch irgendwann findet es ein Ende, dieses Bedürfnis nach Stille, nach Schweigen; man möchte nicht länger in Ruhe gelassen, nicht weiter ohne zuhörendes Gegenüber dasitzen, dem man noch so gerne ebenfalls ganz Ohr sein würde. Empfangen und senden, senden und empfangen, natürlich: Beides gehört zusammen und ergibt in der Summe, was man Gespräch nennt [wie banal!, doch: wie schnell oft negiert!]. Aber man hat nun einmal gewählt. Vielleicht ist man, da die Zwiesprache plötzlich vermisst wird, bloß auf eine partielle Leere gestoßen, die man durchschreiten muss, um zur nächsten Schicht an Ablagerungen zu gelangen, die genauer zu untersuchen sich allemal lohnt [was man gescheiter alleine, denn in Zwiesprache mit anderen Menschen tut].

Während ich dergestalt hörend und das aus mir Vernehmende wortmalend verarbeitend dahindöse, mich von Wort zu Wort und von Satz zu Satz angle wie ein Affe, der durch das Geäst turnt und dies, in meiner Wahrnehmung [andere könnten dies als linkisch, unbeholfen, lächerlich beobachten, bin ich mir bewusst], mit derart eleganter Waghalsigkeit, dass ich beim

Zusehen in der steten Anspannung und Angst verharre, ich könnte den nächsten Haltepunkt verfehlen und in die Tiefe stürzen, ziehen neue alte Bilder auf, deren Konturen noch nicht deutlich hervortreten, von denen ich jedoch bereits eine erste Vorstellung besitze, was sie darstellen, werden sie erst vollständig sein. Was und wie viel soll man an die Oberfläche gelangen lassen, was soll, was will man daran zu hindern versuchen, erneute Bedeutung zu erlangen [eine scheinbar existenzielle Frage, selbst wenn dies nur in den Scheinwerfer tritt, den ich selbst, von der Umwelt unbeachtet, auf mein Inneres richte]?

Was aber, dränge etwas davon oder, wie schrecklich!: alles gar an die Öffentlichkeit? Ich will so wenig wie die meisten ein gläserner Mensch sein, nicht einmal mir selbst gegenüber. Nicht wahr: Es gibt in jedem Leben Dinge, die man unwiderruflich aus der eigenen Erinnerung gelöscht haben möchte. Nicht alles, was war, soll geschehen sein! Nicht alles, was man gedacht hat, soll länger gedacht sein. Nicht an jede verflossene Überzeugung will man erinnert, manche Tat dürfte ruhig definitiv ausradiert sein, wenigstens aus der Erinnerung, der belastenden.

Man mag durchaus das selektive [das behauptete, das tatsächliche: gar fein oft die Grenze] Erinnerungsvermögen anderer Menschen geißeln [dies fällt uns stets leicht: den Mitmenschen zu kritisieren], doch hat man sich bewusst zu sein, dass man sich selber und man sich selbst gegenüber kaum anders verhält: Man blendet aus, mit letzter Anstrengung mitunter, was man nicht länger als Mosaikstein des eigenen Lebens zu akzeptieren bereit ist. Soll dort doch eine Lücke im bunten Bild bestehen, eine Vertiefung, in der ein Stück farbigen Steins fehlt und bloß das unbestimmte Grau des Untergrunds verrät, dass hier etwas sein sollte, aber nicht ist.

Neben diesen selbst herbeigeführten, sich verordneten, existieren Lücken, die man nicht aktiv verursacht hat: Einzelheiten, die schlicht vergessen gingen, ins Nirgendwo entschwanden.

Doch existiert es überhaupt, dieses Nirgendwo?

Jedes eigene Erlebnis, jedes eigene Handeln, und waren die Vorgänge noch so gering und auf den ersten Blick absolut unwesentlich, alles ist in einen Rahmen eingebettet, alles beeinflusst also links und rechts, oben und unten etwas. Winzige Impulse werden vom eigenen Tun und Lassen ausgesandt, und sie verursachen, verstärken oder ermuntern andere winzigste Bewegungen, die sich wiederum auf eine nächste Kette minimer Ereignisse und Gedanken übertragen, die zu Handeln und Nichtstun führen, und so weiter und so fort. Schon möglich, dass jene Kleinigkeit, die wir rasch einmal vergessen haben, irgendwo im weiteren Verlauf der Geschichte eine immense Bedeutung erhält, erhalten hat. Wir leiden somit mitunter an Folgen, deren Ursache uns eigentlich bekannt ist.

Das Nirgendwo existiert nicht, da es, als Idee, als Fluchtort, als Ausrede, ebenfalls ein definierter Bestandteil unseres Seins ist und einen ebenso berechtigten, festen Platz in unserem Leben einnimmt wie sein Pendant, das allzeit Präsente, jenes, woran wir uns sehr wohl zu erinnern vermögen und wollen.

Der Traum vom Leben

Wieder habe ich den Traum geträumt vom Leben, den Traum von den verpassten Chancen und den erfüllten Wünschen und den Traum von den Sehnsüchten, die verblieben sind, es ist der Traum, der mit zunehmendem Alter wohl anders verläuft als in jüngeren Jahren, doch es ist dies weiterhin kein Traum der Angst und keiner der Verzweiflung und es ist kein melancholischer Traum oder gar ein Traum der Wut über sich selbst oder über die Umwelt oder die Entwicklung, die das Leben genommen, oder die Richtung, die man ihm gegeben hat, nein, der Traum, von dem ich spreche, ist ein Traum, der Realität spiegelt, soweit ich dies beurteilen kann, der also nüchtern ist und schnörkelfrei und schonungslos, es ist der Traum, der Bilanz heißt, die indessen immer nur Zwischenhalt bedeutet, unvollständig das Bild, die Inhalte eigenhändig verlesen.

Noch ist das Leben nicht vorbei, es hat in mancherlei Hinsicht erst so richtig begonnen, und es fordert oder scheint zu verlangen, dass man dieses und jenes abschüttelt, beiseite lässt, überwindet, vergisst oder wenigstens verdrängt [denn vergessen wird man nichts wirklich, im behaupteten Vergessenhaben sind der Irrtum und die Selbsttäuschung zu Hause].

Vom Zwang, Bilanz zu ziehen

»Bald ist Weihnachten und das Jahr vorbei«, stellt er zwischen dem ersten und dem zweiten Schluck Wein fest.

»Du willst doch nicht plötzlich sentimental werden«, versucht sie zu scherzen, ändert aber den Tonfall, als sie merkt, wie ernst er erneut geworden ist. Wie ein roter Faden habe sich dieser Wechsel von überschäumender Heiterkeit und sentimentaler Trauer bereits durch den ganzen Morgen hindurchgezogen, würde sie im Tagebuch vermerken.

Sie versucht, ihn wieder auf die Sonnenseite seiner Gedanken zurückzuführen. »Auf ein vermeintliches Ende folgt stets ein Neubeginn«, gibt sie also schnell zu bedenken. »Das wissen wir zwei besser als viele andere Menschen. Lass uns also an den bevorstehenden Frühling denken, und wie schön es dannzumal hier sein wird, wenn alles blüht und spriesst!«

Er aber lächelt derart gequält, dass ihr der Schreck in die Glieder fährt. Sie befürchtet, er wolle ihr von einer schrecklichen Krankheit berichten, und dass ihm der Arzt gar verraten habe, er werde den Frühling wohl kaum erleben.

»Trotzdem...«, beginnt er, stockt, hört mit dem Satz auf, ehe er ihn richtig begonnen hat und legt eine jener Pausen ein, wie sie als sehr wichtige Elemente in ihre Zwiesprachen eingegangen sind. »Man nutzt diese Tage gewöhnlich, um Bilanz zu ziehen: Was hat sich ereignet, fragt man sich, was haben wir verpasst, was erreicht, was bleibt zu vollenden?« Und er gesteht, auch er befasse sich derzeit vor allem mit solchen Fragen.

»Du überraschst mich«, antwortet sie. »Du hast doch stets die Überzeugung vertreten und sie mit Inbrunst gegen alle Anfeindungen verteidigt, nichts zähle, was verflossen sei.«

Er schmunzelt: »Du hast natürlich recht, wie stets. Doch ich kann nicht dagegen ankämpfen. Plötzlich glaube ich vieles ordnen und alles überdenken zu müssen, trotz der wenigen Eindrücke, die mir geblieben sind. Von solch eigentümlichen Regungen sei ich nie zuvor befallen worden, vermute ich, ohne es wirklich zu wissen.«

Ihre Angst ist sofort wieder da, und sie macht sich beinahe noch stärker bemerkbar wie zuvor, als er anfügt: »Manchmal glaube ich gar, mein Leben neige sich mit derselben Entschiedenheit dem Ende entgegen wie das langsam dahinsiechende Jahr.«

Aus »UnGlück«, Roman, 2009

Was bleibt

Da hetzt man sich Tag für Tag durch das Leben, pflügt das eigene und jenes der Nächsten um und zieht obendrein völlig Unbeteiligte in Mitleidenschaft – doch was bleibt von alledem?

Ein Häufchen Asche.

Nichts weiter. Nicht einmal eine noch so winzig kleine Fußnote im Geschichtsbuch dieser Welt!

Schon bemerkenswert, finde ich: Wie viel Menschen ein Leben lang zu tun bereit sind – nicht von ungefähr sagt man, manche gingen über Leichen –, bloß um zu einem obendrein nicht einmal selber bestimmbaren Zeitpunkt ein wenig Asche zu werden. Wie viel Leid – zugegeben: auch Freude – bliebe diesem Erdball erspart, würde man uns gleich nach unserer Ankunft verbrennen.

War ich – werde ich sein?

War ich eventuell bloß, werde ich eines Tages erst sein? Wenn ich nicht war, während ich glaubte zu sein: Könnte ich also werden, was ich hoffte zu sein, da ich gar nicht war? Hoffnung keimt auf!

Aus: »ScherbenLeben«, Roman, 2012

Was man zum Leben braucht

»Schreibe alles auf, was du wirklich brauchst, um zu leben.« Sein Freund holte sich einen neuen Schreibblock: Er wollte nicht riskieren, dass ihm mittendrin das Papier ausgehe, dermaßen viel, glaubte er, sei überlebenswichtig. Doch dann brachte er nur drei Zeilen zustande.

»Siehst du«, lachte sein Freund.

Das Blatt, auf dem stand, was er zum Leben wirklich benötigte, trug er fortan stets auf sich. War er unzufrieden, zog er es hervor. Und er sah, dass er noch immer viel mehr besaß, als er eigentlich brauchte.

Eines Tages schrieb er eine weitere Liste mit dem Titel: »Was ich haben könnte.« Als 98 der verbliebenen 99 Blätter voll waren, setzte er auf das letzte Blatt die Überschrift: »Was ich nun sofort haben muss.« Und darunter: »1 Schreibblock, 1x Streichhölzer.« Den Schreibblock würde er benützen, um wirklich wesentliche Dinge notieren zu können – und eines der Streichhölzer, um die 98 Seiten lange Liste »Was ich haben könnte«, anzuzünden.

Er bleibt stehen und wirft einen Blick auf seine kurze Liste mit den überlebenswichtigen Dingen, als wolle er sich vergewissern, dass noch immer zu lesen steht, was er sich notiert hat: »Dass nie etwas zur Routine und nichts zur Selbstverständlichkeit werde«.

»Ich habe zu viel von allem«, hatte er gedacht, wie er sich erinnert, »und zu wenig an Leben«. Deshalb steht auf der Liste: »L-E-B-E-N«. In Versalien und an zweiter Stelle. Da dies missverständlich sein könnte, stünde es derart nackt auf dem Zettel, setzte er darunter »Genießen« hinzu, was Hektik aus- und die Liebe einschließt.

Die Schiefertafel

Die Schiefertafel des Lebens ist gelöscht. Nichts ist geblieben. Sie neu beschreiben? Doch womit? Fetzen der Erinnerung drängen sich welken Blättern gleich zwischen die Zeilen und wecken im Moment ihres Eintauchens ins Licht einen Gedankenbruchteil die Illusion erlebter Einmaligkeit. Wer bist du? fragt sie. Darauf – er – gibt's keine schlüssige Antwort. Ergänzend nach einer Minute des Schweigens: ... mehr.

Melancholie

Herbstliche Melancholie befällt mich unvorbereitet, dieses unbeschreibbare Gefühl der Schwermut, wachgerufen normalerweise vom Anblick bunten Laubes, tiefsitzender Nebel und grauer Wolkenschwaden und genährt aus dem Wissen, dass jeder Tag nun kürzer sein wird wie jener zuvor, wobei weniger die langen Nächte, als die langen Stunden nur bedingter Helligkeit das eigentliche Problem darstellen.

Zaghaft erst meldet sich diese grundlose Trauer, dann ergreift sie immer heftiger von der Seele Besitz. Grundlos zumal: es ist Januar, die Schwere des Herbstes und des Winterbeginns sind eigentlich verflogen, das neue Jahr ist da!

Doch der Blick nach draußen: nicht viel hat sich geändert, die nackten Bäume nicht einmal mehr mit der minimsten Bekleidung verendender Blätter im Braun des Absterbens versehen, Nebelschwaden in den Senken, die graugrünbräunlichen Wipfel des fernen Waldes am Horizont umlullend, und eine Sonne, minutenweise, falls überhaupt, pastellfarben, schwachwärmend zerfließend selbst untertags in diffuser Abendhimmelstimmung, der Felder schmutziges Gesicht: ein paar weiße Tupfer, mehr Frost denn Schnee, der wiederum ausbleiben will in diesem Jahr; nichts die verzuckert die Landschaft, nichts, was als märchenhaft das Gemüt beflügeln könnte.

Wir befinden uns auf Kurs zum Ziel, gewiss!, allerdings behaupten wir dies stets, will uns nichts Gescheiteres mehr einfallen: wir nähern uns dem Ziel!, eine prächtige Deklamation!, doch worin besteht dieses vermeintliche Ziel? Da allem Vergänglichkeit anhaftet und der Lauf der Jahreszeiten ohnehin fest im sich wiederholenden Jahresrhythmus verankert ist: vom Frühling, der bevorsteht, wissen wir, dass er in Sommer und dieser erneut in Herbst und Winter übergeht; dies kann doch kein Ziel sein: das Jahr vorbeiziehen zu sehen?

Und noch eines und ein weiteres und ...

Je länger das Leben dauert, desto illusionsloser werden wir: nie wird die Zeit mitten im Sommer anhalten; die Spanne zwischen Neujahr und fahlem Spätherbstmorgen scheint sich im Verhältnis zu jener zwischen Nebel und Frühlingssonne mit jedem Jahr aber rasant zu verkürzen, eine Täuschung, die mit zunehmendem Alter indessen an Kraft und somit an scheinbarer Tatsächlichkeit gewinnt.

Traurigkeit

Die Traurigkeit, die mich mitunter aus heiterem Himmel überfällt, eine wehmütige, eine sehnsuchtsvolle, doch wonach?, schwer wie der Wein, der träge im Glas schaukelt wie Öl und geheimnisvoll dunkel leuchtet, auf die Schultern legt sie sich und wird rasch zur Last, schon fühlt man sich klein und kleiner, in den Boden gedrückt: Wo rührt sie her?

Sie taucht die eben noch blühenden Farben in konturloses Grau, in dem alles zerfließt und schließlich alles verschwindet: die durchlebten Freuden, die heiteren Momente, das nette Gegenüber, die minimale Geste, die einem erfrischend widerfuhr – alles ausgelöscht. Zurück bleibt die vergangenheitslose Leere eines neuen Tages, der eben noch, Hoffnung vorgaukelnd, vor dir lag wie ein geöffnetes Buch mit erwartungsfroh unbekleckert weißen Seiten. Von ihm weiß man inzwischen, obwohl kaum angebrochen, er würde öde und bar jeder Bedeutung verstreichen. Kein noch so intensives Licht wird ihn erhellen, keine Sonne ihn wärmen können, nichts, das aus dieser Leere die Einmaligkeit bedeutungsvoller Stunden zaubern könnte.

Ich bekenne: ich mag Sentimentalität! Solange es dabei bleibt! Etwas Schwermut, die kultivierte, zelebriert bei einem Glas vom guten Wein, dem besten!, begleitet vom Schein der einen, oder, unbestimmt in ihrer Zahl: jenem vieler Kerzen [keinerlei Masche, kein Anbiedern, niemandem nach dem Mund oder nach dem Gemüt geredet!; ich liebe tatsächlich warmes, dieses unbeständige Licht mit seinen überraschenden Wechseln zwischen Schattenwurf und flackernder Erhellung], Wärme im Raum, wo ich sitze und bin, oder wohlige Geborgenheit, da die Bettdecke bereits auf dem alternden Leib ruht, Musik.

So ließe sich leben!

Doch schon ist nicht mehr die melancholisch-süßliche Sentimentalität, worin man sich sorgsam in Watte verpackt wiederzufinden wähnt, vielmehr schrammt man, ehe man sich versieht, obendrein in eine enge Kiste gepfercht, zu wenig lang zum Liegen, zu wenig hoch zum Stehen, zu wenig Raum zum Sitzen, zu wenig breit, um anständig zu knien, auf ein altertümliches Gefährt mit defekten Stoßdämpfern geworfen, über eine wilde Abfolge übler Schlaglöcher und trägt die Gewissheit in sich, der Sauerstoff im harten Rohbrettquader sei derart spürbar endlich, dass nackte Angst einen befällt: bereits in der nächsten Sekunde wird er ausgehen! Grenzenlose Pein erwartet einen in diesem stockdunklen Gefängnis, Panik! macht sich breit. Und etwas Gelassenheit. Und ich frage mich: Todessehnsucht oder Überlebensdurst?

Duftete der Herbstundvorwinterblues noch nach Lebkuchen und Glühwein, so verströmt diese eigentliche Depression, in die ich zu Jahresbeginn oder noch später, selbst dann mitunter stürze, beginnt alles wieder zu sprießen und zu blühen, rein gar nichts, nicht einmal jenen Geruch von Fäulnis, dem man auf den ersten Stationen der Reise ins Nichts noch an allen

Ecken und Enden begegnete: sogar die Düfte haben die Sinnlosigkeit erkannt, die in tiefe Abgründe mehr gezogene, denn aktiv reisende menschliche Trauerweide mit einem expliziten Geruch zu einer Reaktion provozieren zu können. Reaktion aber hieße: etwas zu tun, und tun bedeutet leben; auch sterben kann tun bedeuten, somit liegt im Sterben ebenfalls Leben.

Ich irre durch eine Nichtlandschaft, ohne Sinn und ohne Ziel, dimensionslos und verstummt, da ich nur noch Nebel bin, Teil eines feuchtkühlen Nichts, weder lächelnd, noch weinend, bar jeder Emotion, jeden Ausdrucks beraubt, wesensbefreit vorhanden, zu Unkenntlichkeit zerflossen.

Wegzaubern sollte man es können

Wegzaubern sollte man es können! Den Stab heben, den berühmten, diesen schwarzen der Magier, anpiksen, was sich der Welt bemächtigt hat, vielleicht würde ein kleiner Stupser, eine einfache Bewegung in die Richtung, aus der das Unheil strömt, bereits genügen! Hoffnung! Dann Zweifel: eventuell müsste es, das notwendige Maß an Notwendigkeit ist doch so schwer vorherzusehen!, die große, die beschwörend vollzogene, von manchen Beobachtern gewiss sogleich als allzu theatralisch empfundene Gebärde sein, dies unter Umständen wäre das probate Mittel – indessen: wenn noch immer nicht ausreichend? Anreichern könnte, müsste!, man sie zusätzlich mit überlieferten, im Unterbewussten gespeicherten, über Generationen fest verankerte Formeln, einmalig oder endlos wiederholt gemurmelt.

Irgendwie müsste es doch möglich sein, dies zu erreichen: das Abfließen, den Rückzug jeglichen Graus!

Schon zeigte sich, erträume ich mir, am Boden zaghaftes Grün, die Erde hebt an zu knistern, in dieser Vorstellung, in dieser Vision von Welt sprengen sich tief in ihrem Schoss treibende Samen den Weg nach oben frei ans Licht; schon beginnen sich

Übergänge und Grenzen zu zeigen; die Felder grenzen sich gegeneinander ab; bislang unbestimmbare Landschaft trennt sich in Feld und Wald; Stämme erhalten ihr Braun zurück, Nadeln ihr Grün; erste Knospen, dann viele, es werden rasend schnell mehr und mehr, verheißen baldiges Blattwerk, schon vernehme ich ein erstes Vogelgezirp und scheint der Grund nach all dem Schweigen des Winters förmlich zu erdröhnen: frische Gräser, werdende Frucht, künftige Blumen durchstoßen den Grund. Da: der erste Sonnenstrahl! Dort die Premiere eines blauen Himmelsabschnitts. Bald lichte, warme, das Herz erwärmende!, Helle allerorten, Gesang liegt in der Luft, die Musik der wiedererwachten Natur erlabt das Gemüt, ich recke, ich strecke mich, kein Vornübergebück mehr, stolzesstramm schreite ich mit zielstrebig lebenserfülltem Blick hinein in das Bild purer Farbenfreude.

Du erwachst neben mir, schlägst die Augen auf: »Was war das?«, fragst du – und ich: »Nichts, meine Liebe, nichts, ein böser Traum nur, ein überflüssiges Kapitel, eine Episode ohne Sinn und tiefere Bedeutung.«

»Es schien mir im Schlaf, als hätte alles sich aufgelöst, sei alles hingegangen, geworfen in ein kaltes, dunkles Grab«, wunderst dich du.

»Im Schlaf bloß, im Traum, in einer üblen Sequenz reiner Boshaftigkeit all der Lebensverleider, diese Miesepeter!« Kopfschütteln, du lachst.

Du bist schön, wie stets, selbstredend bist du wunderschön. Menschen sind immer schön, liebt man sie und lieben sie, ein ganz besonderer Glanz edelt ihr Antlitz, das Geliebtwerden liest sich in deinen Augen, ich erkenne tiefste Zuneigung und will selber nichts weiter als dies: Zuneigung schenken. Am schönsten finde ich, mit der Person, die ich liebe, in einen neuen Tag einzutreten, langsam zu erwachen, den ersten Blick auszutauschen, den erfrischenden Genuss ausgiebigen Schlafs noch in den Augen; die Geliebte erkundet mit ihren Blicken etwas verwundert die Umwelt, als ob alles neu wäre, was sie erblickt in diesen ersten Sekunden des neuerlichen Wachseins, das Gesicht etwas zerknittert vom Abdruck, den das Kissen hinterließ, die Brust bebend, während in sie die belebende Luft eines frischen Morgens strömt, der durch das offene Fenster ins Zimmer lacht.

Sonne, nicht Grau: der Zauber hat gewirkt.

Von den seltenen Momenten

Es existieren die seltenen Augenblicke, da möchte ich mich jemandem ganz spontan entgegenöffnen: »Hier bin ich, so bin ich, dies denke ich, jenes mag, das andere verabscheue ich«, alles auf ein silbernes Tablett gelegt, das Herz in Händen, all meine Sinne weit offen, damit man in sie eintauche, sich umsehe, sich ihrer annehme, sie lese, mitdenke, fortführe, ihnen widerspreche, sie liebe oder verabscheue. Und dann lasse ich es: der magische, mir gleichzeitig etwas unheimliche Moment verweht.

Liebe

Der Schlüssel zum Leben

Weshalb er denn nachgerade besessen sei davon, immer wieder und fast ausschließlich über die Liebe nachdenken zu wollen, und dies seit Jahren, begehrt der Wind zu wissen. Er hat aufmerksam zugehört wie stets, denn sie begegnen sich nicht zum ersten Mal. Der Wind ist ihm ein geduldiger Zuhörer und gleichzeitig ein kritischer Begleiter. Er glaubt, sich deshalb für den Wind als Partner entschieden zu haben, da er Muße sowie in gleichem Maß Interesse für seine Anliegen aufbrachte. (Obwohl allerdings vorstellbar ist, dass es allenfalls umgekehrt gewesen sein könnte, der Wind also der Wählende gewesen war, da ihn Langeweile befallen hatte, doch tut dies nichts weiter zur Sache.)

»Ich habe immer geglaubt, die Liebe sei der Schlüssel zum Leben«, gibt er zur Antwort.

Aus: »SehnSucht«, Erzählung, 2. Auflage, 2011

Traumgleich

Traumgleich hat sie mich stets begleitet. In guten, wie in schlechten Zeiten. Sie war immer da, und sie ist es noch.

Sie blickt auf mich herunter, mich überschwebend, sie lächelt, ihre Züge sind nicht von einem weltlichen, vielmehr von einem entrückten, einem, sagen wir »himmlischen«, Lächeln umspielt. Selbst wollen wir in ihm nichts Engelgleiches erblicken: es entzieht sich jedenfalls jedem Vergleich mit Bekanntem, weder wüsste ich es zu malen, noch es zu beschreiben. Selbstredend ist sie auch jetzt da. Ich spüre sie, ohne sie wirklich zu sehen.

Meist verharrt sie in diesem Zustand der reinen Imagination, sie durchwandert meine Gedanken, platziert schwungvoll ein Häkchen der Zustimmung unter den einen und ein Fragezeichen unter den anderen, und sie setzt zum kräftigen Strich dort an, wo sie Widerspruch einlegt, mit Ausrufezeichen! Oder treibt ihr Unwesen, indem sie mich stimuliert, mein Denken und Fühlen behutsam, ich mag noch so sehr dagegen ankämpfen: jeglicher Widerstand ist zwecklos!, in Richtung Erregtheit lenkt, um sich zu ergötzen, begehre ich, was unvermeidlich ist, ihren unsichtbaren Leib in einer Intensität, die mich beinahe des Verstandes beraubt.

Mitunter lässt sie sich tatsächlich herbei, sich in Gestalt zu manifestieren, während ich zu meiner Körperlichkeit Distanz gewinne: ich gleite heraus aus diesem Leib und somit dieser Welt scheinbar klar definierter, unverrückbarer Gegebenheiten und entlang den in die Unendlichkeit eines weit entfernten Horizontes weisenden Spurrillen süßester Träume in die Unendlichkeit einer Gedankenwelt, die keine Tabus und keinerlei Normen kennt außer jenen, die ich allenfalls selber und spontan zu setzen gedenke, um sie sogleich wieder zu verwerfen, zu revidieren, zu modifizieren. In kräftigsten Farben gaukelt diese Reise gestaltbares Sein vor, vergleichbar jener einfachen Knetmasse, aus der wir Kinder von damals Menschen und Tiere, Häuser, ja ganze Landschaften erschufen, die uns in andere Lebensdimensionen entführten und uns in einer gänzlich eigenen, einer Wunderwelt spielen ließen, bis die Erwachsenen uns drohten, wir müssten ohne Nachtessen zu Bett, kämen wir nicht sofort zu Tisch: »Und danach das Zähneputzen nicht vergessen!«

Oh, ja, wir lieben uns, nicht jedoch in jener körperlichen Art, die für viele die einzig mögliche, die einzig vorstellbare Form der Liebe darstellt. Um Missverständnissen vorzubeugen, sage ich stets, werde ich gebeten, mein Verhältnis zu ihr zu umschreiben: »Wir mögen uns«, was jene nicht daran denken lässt, was sie sofort unterstellten, würde ich das Wort Liebe verwenden: dass wir miteinander schliefen.

Möchte ich es denn: dass wir das Bett nicht nur teilten, um zu ruhen? »Warum denn nicht?« würden viele sofort und spontan antworten: »Wenn sie hübsch ist . . .« Als ob dies eine adäquate Antwort auf eine nur oberflächlich betrachtet einfache Frage wäre! Für mich jedenfalls ist das Rätsel, das es zu lösen gilt, weitaus komplexer: was wäre, die entscheidende Frage, mit uns geschehen, hätten wir uns hinausgewagt aus dieser platonischen Beziehung und uns hineintreiben lassen in stürmische Nächte und feurige Tage?

»Du musst gehen«, haucht sie und taucht ihren Blick in den meinen.

»Wohin?« flüstere ich.

»Deine Bestimmung, sie wartet nicht ewig, ihr kannst du dich nicht entziehen. Du darfst und sollst dich ihr nicht durch Verweigerung widersetzen.«

»Meine Bestimmung?«

»Du bist auf der Suche«, lächelt sie, »schon vergessen? Vor langer Zeit hast du mich gefunden, heute wird es eine andere Entdeckung sein, die du machst.«

»Ich liebe dich«, schmachte ich und will mich ihr nähern. Sie aber stößt mich zurück: »Dazu bleibt keine Zeit. Du musst gehen. Auf dass du ein Suchender bleibst und nicht unvermittelt zum Fliehenden wirst.«

Suchen versus fliehen

Während vieler Jahre war ich ein Suchender gewesen, so jedenfalls hatte ich mich gesehen und bezeichnet, bis ich eines Tages herausfand, dass ich weit eher ein Flüchtender war, der die angebliche Suche nur vorgeschoben hatte, um vor den anderen Menschen, aber insbesondere vor mir selbst das Motiv der Flucht als effektive Grundlage meines Handelns zu kaschieren.

Aus: »SehnSucht«, Erzählung, 2. Auflage, 2011

Von der Gefährlichkeit des Vermissens

»Dies ist das Gefährlichste: Dass man zu vermissen beginnt. Man soll und darf nie vermissen, nichts und niemanden. Denn das Vermissen ist ausschließlich auf Vergangenes gerichtet, man vermisst nie prospektiv, stets retrospektiv: Man vermisst, was und wen man geschätzt oder gar geliebt hat, man vermisst Begebenheiten aus seinem Leben oder ein früheres Umfeld, Freunde, Bekannte, verehrte oder Personen, zu denen man aufgeblickt, die man gar Bewunderung entgegenbrachte, was man einst besaß, man vermisst damalige Zustände und jammert, früher sei sie gemächlicher geflossen als heute, die Zeit, man vermisst die Ruhe und die Beschaulichkeit und die Stille in den Straßen und die Muße von einst und sehnt sich zurück in jene Tage, in denen man das Leben als weniger hektisch denn heute empfand, man vermisst, kurzum, was war. Beginnt man erst einmal damit, so wird man sich aus den Klauen des Zurückblickens nicht mehr befreien können, künftig wird man fast nur noch wehmütig sein und sentimental und man wird schluchzen und seufzen und weinen, und es ist nicht zu umgehen, dass man darob traurig und immer trauriger wird, depressiv, würde man heutzutage sagen, und man wird jammern und lamentieren, bald einmal wird man klagen, immer bloß klagen, kommt jemand auf das Heute zu sprechen, und kurz darauf wird man nicht mehr in der Lage sein, damit aufzuhören. Früher sei alles besser gewesen, an diesem Befund hat man sich festgebissen, und ihn wiederholt man nun andauernd, sich selbst sagt man diese vermeintliche Tatsache auf wie ein Mantra, man behelligt damit die Umwelt und beleidigt und quält die Mitmenschen mit dem Gewinsel und bestätigt letztlich jene in ihrer Haltung, die ebenso rückwärts gerichtet denken. Schnell wird sich somit ein eigentümlicher Kreis geistig vorzeitig gealterter Freunde um einen scharen, Leute werden sich einfinden, die immerfort die eine, eine einzige, nämlich diese Botschaft wiederholen: Viel schöner sei alles gewesen damals, dies unbestritten, anständiger die Menschen, besser die Gesellschaft, ehrlicher alle, moralisch und ethisch weniger verwerflich, einfacher das Leben und glücklicher, man selbst habe sich im Einklang befunden mit sich und der Umwelt, die Menschen hätten sich geachtet, man habe einander respektiert und Rücksicht genommen und dem Nächsten uneigennützig geholfen. Und so weiter und so fort: das Lamento findet kein Ende. Das Gejammer verstärkt sich von Tag zu Tag, von Stunde zu Stunde, mit jedem Satz und mit jedem Wort, man habe, wechselt man ins Private, auch dies ist unvermeidlich, jemanden zur Seite gehabt damals, einen ganz speziellen Menschen: ein Film an dünner Feuchte in den Augen, ein Stocken, etwas heiser, brüchig sofort die Stimme. Das Damals wird in der Folge zum Synonym für alles, was gut, besser, hervorragend, einzigartig war, anders als, gegenteilig zum Heute!, die Liebe zu jener Person wird beschworen, sie selbst mittlerweile eine wahre Heilige!, man wird wehklagen, mit ihr habe man alles teilen können und dürfen und wollen, doch heute ... Das Ächzen und Winseln und Jaulen wird sogleich lauter und steigert sich, wann immer man sich eines Publikums gewiss glaubt, das zuhört, das applaudiert, sukzessive bis ins letztlich Unerträgliche wird das Gewimmer die Atmosphäre vergiften. Was alles uns nicht einen einzigen Schritt vorwärts bringt, wo wir doch dies am Nötigsten hätten: voranzukommen mit einer Welt, die vom Kollaps bedroht ist. Hält man also den Blick nicht mehr auf die Zukunft gerichtet, so hört man gleichzeitig auf, neugierig darauf zu sein, was sie noch bereithalten, womit sie uns überraschen, was sie von uns zu ihrer Rettung abverlangen könnte, man gibt sofort oder schleichend die Träume und die Sehnsüchte preis, die man eben noch gehabt und geschätzt, geliebt hat gar, und die man mit Vehemenz verteidigte, indem man keine andere Bedingung mehr an das Kommende stellt, außer: es möge so eingerichtet sein wie alles Frühere, das, was man kennt, man will sich alleine der Sehnsucht, ganz und gar dem Vermissen hingeben können, unbehelligt von allem, was rundherum geschieht oder geschehen könnte oder, da dies im normalen Lauf der Zeit begründet liegt, so oder so eintritt. Denn einiges, vieles, das meiste, eine Binsenwahrheit, ich weiß dies sehr wohl, läuft in der ewigen Zeitrechnung ab, ob man dies will oder nicht, die Option ist nicht vorgesehen, der Erde zu verbieten, sich zu drehen. Was gewesen ist, das ist gewesen, das sage ich dir und wiederhole es so oft wie notwendig, damit du den Blick ausschließlich nach vorne richtest und den Kopf niemals drehst – denke an Lots Frau! –, denn daran gibt es nichts zu rütteln und zu deuten, dies lässt sich nicht diskutieren und zerreden und wegbedingen: Was vorbei ist, zerfällt langsam, unaufhaltsam auf dem Komposthaufen der Zeit, es zählt einzig das Morgen. Dies muss man sich immer wieder in Erinnerung rufen, es niemals aus den Augen verlieren: was gewesen ist, darf nie vermisst werden, niemals!.«

Sie hat sich aufgestützt im breiten Bett, die Wange in die Hand des angewinkelten Arms gebettet, sie blickt ihn an. Ein Lächeln umspielt ihre Lippen. Fasziniert zugehört hat sie wie immer, wenn er, meist unerwartet, in Fahrt gerät und seinen Rede- und Gedankenfluss nicht zu zügeln, geschweige denn zu stoppen vermag. Dies zeigt sich in ihrem Gesichtsausdruck; esr hat ihm gefallen: dass sie sich ganz seinen Gedanken gewidmet hat, wie er es jeweils ebenso tut, öffnet sie ihr Herz und lässt sie ihn in ihre Seele blicken, Anteil nehmen an ihrem Denken und Fühlen. So entsteht, sein Empfinden, eine umfassende, eine beinahe vollkommene Intimität, die reine, derart seltene!, Vertrautheit. Ebenfalls nicht verborgen geblieben ist ihm: zwischendurch hat sie ihre Stirn in Falten gelegt. Ihn erfüllt dies mit Freude, er zuckt nicht, wie oft zu beobachten ist, sofort zusammen, da ein derartiger Gesichtsausdruck nur jene Menschen sofort verunsichert, die selber unsicher sind (»Habe ich etwas Falsches gesagt?«) oder verärgert (»Weshalb bezweifelt und kritisiert man meine Aussagen?«) oder Angst in ihnen auslöst (»Gefährde ich mit dem, was oder wie ich es sage, am Ende gar diese Freundschaft?«) oder es lässt sie, die bereits unsicher sind, schon ein solch winziger, kritischer Blick sofort verstummen. Er jedoch ist dankbar: Kopfnicker tragen nichts zur Lösung von Problemen bei und schon gar nicht verhelfen sie der Zukunft zu einer Perspektive.

Die Sonne schickt ihre ersten Strahlen des Tages in den Raum; zum Licht, das sie in das Zimmer zaubert, gesellt sich die Wärme.

Er schweigt, und jetzt, erst jetzt, da sie sich ziemlich gewiss sein kann, er habe seinen Gedankengang vorerst abgeschlossen, flüstert sie, nachdem ihr Blick lange auf seinem Gesicht ruhte, sie wählt ihre Worte mit Bedacht, da sie sich der Bedeutung dieses Momentes der Stille und des Friedens bewusst ist und ihn ebenso genießt wie er: »Ich wage es, dir zu widersprechen, mein Freund, ich bin der Ansicht, du irrst. Vermissen darf man sehr wohl, davon bin ich überzeugt, jedoch darf man nicht nachlassen, die das Innere zerfressende Sehnsucht zu bekämpfen, sie muss man beherrschen, sie kontrollieren lernen. Dem Lebens- und Hoffnungsbedrohenden, das dieses Verlangen begleiten kann, genährt aus Unerfülltem und Unerfüllbarem darf kein Raum gewährt werden, sonst wird sich, was nicht war und nicht werden kann, zu einem Monster entwickeln, sich ausbreiten und festbeißen, also musst du es rechtzeitig daran hindern, Besitz von dir zu ergreifen und dich zu einem willenlosen Sklaven zu degradieren. Vermisse ich dich, und das werde ich mit Bestimmtheit tun, kaum wirst du dieses Bett, diesen Raum, dieses Haus, mein Leben ein Stück weit oder endgültig, auf Zeit oder für immer und ewig verlassen haben, so werde ich mein Kissen fest an mich drücken und dabei an dich denken, ich kenne mich diesbezüglich nur zu gut. Das Kissen wird mir die Illusion vermitteln, dich in meinen Armen zu halten, und, sei dir verraten, ohne dass ich mich dafür schäme, ich werde mich ihr im vollen Bewusstsein und durchaus lustvoll hingeben. Es wird in mir dabei die wunderschöne Erinnerung erneut wach werden: ich werde dich auf ewig sehen, wie du die Treppe hochkommst und dich nach einigem Zögern erst entschließt, ich habe dies sehr wohl bemerkt und als sehr süß und rücksichtsvoll empfunden, endlich!, unter meine Decke zu schlüpfen. Wie habe ich dies im Halbschlaf und zuvor während des ganzen Tages und an den vorangehenden Tagen und in den vielen einsamen Nächten freudig bebend ersehnt! Ich träumte mit offenen Augen, ich vernahm ein Knarren der Treppe, wo natürlich keines war, und ich durchlebte eine Zukunft, von der ich nicht wusste, ob sie je einmal zur Gegenwart würde: dürfte ich je spüren, wie du dich an meinen Rücken schmiegst? Fortan werden es nicht länger die Hoffnung und die Sehnsucht sein, ich werde vielmehr mit der Erinnerung daran einschlafen dürfen, bist du nicht mehr hier, und ich werde damit erwachen und ich werde während der ganzen Zeit, im Schlaf so gut wie im Wachzustand glücklich dieses Andenken hegen und pflegen, dieses Wunderbare aufbewahren in meinem Herzen wie einen Schatz von unermesslicher Schönheit und unschätzbarem Wert. Und dennoch werde ich dich nicht vermissen im schmerzenden Sinn, da du doch auf immer und ewig in diesem Kissen wohnen wirst, mein Herz wird jubilieren.«

Ach, lieben...

Ach, lieben! Wie wollte ich darüber schreiben: wie sehr ich liebe, wo das Ziel mir doch fehlt, auf das dieses Hoffen und Bangen, Freuen und Sehnen, die Bereitschaft des Gebens, schenken und beschenkt werden!, gerichtet wäre.

Wiedergefunden im neuen Tag

Er schaut sie lange an, fasziniert, betört, hingerissen, verliebt, wir kennen diese Blicke, aber natürlich: in Filmen sind sie zu sehen, wir alle haben sie aber auch, will ich hoffen, im Verlaufe unseres realen Erdendaseins nicht bloß in schmachtenden, unausgesprochenen Gedanken geschenkt und empfangen: mit Liebe durch und durch getränkt sind sie, mit der reinen Essenz von Zärtlichkeit und Zuneigung, da sie nicht von Wollen und Begehren und damit von Macht und Unterwerfung geprägt sind.

Ihr Haar ist ziemlich zerzaust, allerdings nicht in der typischen, dieser chaotischen Unordnung nach einer wilden Liebesnacht; sie hat nicht stattgefunden. Denn just so waren sie übereingekommen, während sie sich nahe waren, derweil sie in die Nacht hinaus und in das eigene sowie das Herz des Liebsten hineingehorcht haben: dicht aneinander gekuschelt schlafen zu wollen, dies zumindest zu versuchen, obwohl die Aufregung sie beide wach hielt, die geistige Erregung aber weit über jeglicher körperlichen stand, der sie sich nicht zu ergeben trachteten [der Romantiker, der hoffnungslos Gestrige!: ich vernehme diese Zwischenrufe sehr wohl und laut und deutlich: das tun erwachsene Menschen nicht: sie tun es vielmehr!]. Sie hatten ausgemacht, nicht der Lust zu erliegen, nicht heute, nicht jetzt, weder vor der traumlosen Ruhe, noch, wären sie am Morgen vom vorhergehenden Abend mit seinen langen, intensiven, kräfteraubenden, aber beglückenden Gesprächen erholt. Später, später in ihrem Leben vielleicht, aber wer wollte, wird er von derart viel Glück durchflutet, schon an später, an die Zukunft denken?

Sie haben sich wiedergefunden in diesem neuen Tag, beider Augen zeigen sich verklärt, wie sie sich nur bei wahrhaft Liebenden offenbaren.

Der Hauch einer Berührung

Nur ein zarter Hauch einer Berührung. Ihre Hand bloß wenige Millimeter über der Haut seines nackten Unterarms. Er spürt, wie sich die feinen Härchen aufrichten, ein wärmender Schauer durchfährt ihn, dringt bis in das hinterste Nervenende vor: Kalt und heiß zugleich. Die Hand zögert etwas, deren Besitzerin überlegt sich, ob sie die schlanken Finger ganz absenken soll. Dann ein Lächeln, ihr Blick trifft den seinen: Rückzug mit einer eleganten Bewegung, die Hand hebt sich weit in die Luft, weg von ihm, weg von seiner Haut, weg vom Begehren.

»Nun«, strahlt sie ihn an, »wo sind wir stehen geblieben?«

Der kleine Moment, der alles verändert hätte, ist so schnell vorbei, wie er gekommen ist, unverhofft aus heiterem Himmel hätte sich eben eine Bekanntschaft in eine Beziehung verwandelt.

Doch nichts ist geschehen.

Wie Bruder und Schwester

Wie Bruder und Schwester standen sie zusammen und sitzen sie nun nebeneinander auf der anderen Seite des Mittelgangs im Bus, der uns ins Tal hineinführt. Keine Berührung, nicht das geringste Geplänkel ihrer Finger und Hände, kein schmachtend bittender Blick um einen Kuss.

Wie Bruder und Schwester.

Und doch sind sie es keineswegs. Ihre Gespräch verrät sie, nicht was, aber wie sie es sagen: diese Zärtlichkeit im Ton, der Vertrautheit miteinander, Vertrauen zueinander, Liebe füreinander offenbart.

Wie schön, wie unendlich schön!

Mögen sie glücklich sein, die beiden jungen Menschen, einen Tag, eine Woche, viele Jahre, bis ans Ende ihrer Tage, wer weiß? Doch hauptsächlich: mögen sie diese Augenblicke genießen und sie bis zur Neige auskosten.

Ich stelle mir das wunderbar vor

Ich möchte dich einladen, noch lieber wäre mir allerdings, dich derzeit bei mir zu wissen, ich möchte dir alles zeigen, was ich sehe, und ich möchte in mich aufnehmen können, was nur du zu sehen und zu hören und zu fühlen, zu formulieren und zu verschweigen vermagst. Vier Augen sehen stets mehr als bloß deren zwei, und sie sehen nicht immer dieselben Dinge oder sie vermerken sie und was sich daraus ergibt (oder auch nicht) aus völlig unterschiedlichen Blickwinkeln. Ich würde dich festhalten und, muss ich dich allerdings warnen, nie mehr loslassen wollen. Ich stelle mir das wunderbar vor: bis an mein Lebensende nicht mehr von deiner Seite zu weichen, dich alle Tage ganz nahe bei mir zu wissen.

Wie haben wir gelacht damals!

Als ob sie altersbedingt wäre oder mit der Zunahme an Lebensjahren sich reduzieren, abbauen, letztlich sich gänzlich verflüchtigen würde, mitnichten!: diese Sehnsucht nach Nähe, nach Wärme, die man spendet und gleichzeitig empfängt, die Freude am Teilen und die Freude, zusammen zu erleben, Gemeinsamkeit, Vertrautheit, Liebe zu genießen. Weniger eventuell das ausgeprägte, mitunter quälend schmerzliche Ziehen in den Lenden, dies zugegeben [doch: weniger ist es geworden, nicht verschwunden!], weniger die Hoffnung auf heftige Befriedigung, denn auf anhaltenden Genuss: einander nahe sein an den Tagen und, vielleicht, in der einen oder der anderen Nacht, die Sehnsucht mehr auf das Innere gerichtet somit.

Wie haben wir damals, in den längst verflossenen Tagen der Jugend gelacht, wollte uns einer weismachen, er liebe vorab die inneren Werte einer Partnerin!

Und nun?

Dies vielleicht ist tatsächlich altersbedingt: sie haben massiv an Wert gewonnen.

Gottlob.

Von der erwiderten Liebe

Auch Orte vermögen Liebe zu schenken. Voraussetzung ist, dass man sich bemüht. Wer nur oberflächlich einen Ort besichtiget, bloß neugierig oder im Grunde genommen gleichgültig, wird bestenfalls kurzlebigen Sex haben. Eine geile Stadt also zum Beispiel: das war's schon. Liebe entsteht und kann nur gedeihen, ist man bereit, das Vorgefundene möglichst vorbehaltlos, mit Sicherheit aber [die wirklich undiskutable Bedingung]: frei von Vorurteilen zu akzeptieren.

Unterwegs

Was wäre das Leben, steckte es bloß voller Schwermut, voller Sorgen, ernster Gedanken. Es sind die Liebe und die Heiterkeit, die unser Leben erst lebenswert machen.

Ich muss mich wohl umgewöhnen. Bislang stand ich im Bus auf, um älteren Menschen Platz zu machen. Nun sagt eine Mutter zu ihrem Buben: »Komm, setz dich auf meine Knie, damit der ältere Herr sich hinsetzen kann.«

Vom Ankommen und Eintreffen

Eine Stunde Aufenthalt in Bignasco im Vallemaggia, Tessin, bis mein Bus kommt. Nicht erzwungen dieses Warten, da der Bus, der mich von Locarno hinein ins Maggiatal brachte, etwa Verspätung oder unterwegs eine Panne gehabt hätte, mitnichten: Ich habe meine Reise bewusst so geplant, denn ich wollte hier eine Stunde in der Sonne sitzen können.

Nämlich um anzukommen, nicht nur einzutreffen.

Wie oft treffen wir bloß ein! Der Körper ist an einen bestimmten Ort gereist, der Geist zu Hause geblieben. [Der Geist ist ungleich träger als der Körper, in solchen Momenten zumindest, dann, wenn wir reisen, sei beigefügt: Fleisch lässt sich mit Leichtigkeit über größte Distanzen transportieren, während der Geist am Ausgangspunkt verharrt: ist das Licht ausgemacht, die Nachbarin verständigt, die unsere Katzen füttern soll, und überhaupt: weshalb all das Gewohnte so mir nichts, dir nichts verlassen? Über den eigenen Schatten springen, das Ungewohnte zulassen, dies gelingt uns doch selbst in den heimischen vier Wänden kaum!]

Ziehe ich meine Beobachtungen an diesem frühen Nachmittag in Bignasco und die Gespräche herbei, deren Ohrenzeuge ich unfreiwillig werde: nein, viele sind es nicht, die angekommen und nicht bloß eingetroffen sind [obwohl die Anreise gleich lange dauern kann, selbst innerhalb eines so kleinen Landes wie der Schweiz, wie an einen sonnigen Sandstrand und in eine etwas fernere Kultur zu fliegen, und man, hierhin unterwegs, mit Bahn, Bus oder eigenem Wagen, mit Bestimmtheit – so man denn will! – mehr Eindrücke aufnimmt, die Wechsel in der Landschaft etwa, denke ich, bewusster zu registrieren vermag, als während eines Flugs, wo es nichts als Himmel und Wolken zu sehen gibt].

Wie ich dazu komme, diese Gesprächsfetzen zu erhaschen: stehe ich stumm da und gebe somit nicht zu erkennen, dass ich durchaus verstehe, was die Zugereisten bereden [dieses Phänomen ist allerorten zu beobachten: bewegen wir uns in einem anderen Sprachraum, glauben wir schnell, vorschnell!, niemand werde unsere Sprache, den Dialekt!, verstehen, also unterhalten wir uns lauter und ungehemmter als zu Hause], erfahre ich viel oder alles über die Arbeit der Umstehenden, ihre Wohnungen und Häuser dort, wo sie herkommen, über die Nachbarn, die Probleme und Sorgen im Alltag, in der Familie so gut, wie auf der Arbeit, und manche, zu viele!, von ihnen werfen bloß zwischendurch, beinahe nur, um eine Gesprächspause zu füllen, ein hastiges »schau mal, wie schön«, in die Runde und deuten dabei mit der ausgestreckten Hand auf die sonnenbeschienenen Wälder oder auf eine Kirche oder das Dorf unterwegs, das an einem Steilhang klebt.

Ich beobachte dies immer wieder, und stets stimmt es mich etwas traurig: wie viele Menschen doch ihre privaten und beruflichen Sorgen, ihren Frust und ihre Unzufriedenheiten mit in den Urlaub oder auf ihren Tagesausflug nehmen! Da stehen und sitzen sie dann an den schönsten Orten und klagen, sie hecheln ihre Verwandtschaft, ihre Freunde und Bekannten durch, sie meckern und betteln um etwas Verständnis und Mitleid!

Sie sind eingetroffen, und doch sind sie beileibe nicht angekommen.

Der Käse

Der Käse in meinem Gepäck duftet vor sich hin, um es zurückhaltend auszudrücken. Kein Wunder bei diesen Temperaturen! Wie kann man bloß auf die Idee verfallen, an einem solchen Tag Käse ins Gepäck zu stecken!

Ich frage mich, ob ich mich ins Ruheabteil setzen sollte. Da würde niemand es wagen, laut zu protestieren. Mich träfen höchstens vernichtende Blicke: »So jung der Tag und bereits stinken Sie mit jeder Müllhalde um die Wette.«

Es könnten dies, fällt mir ein, höchstens ältere Leute denken. Junge und jüngere Zugreisende wissen kaum mehr, wie intensiv eine Müllhalde zu stinken vermag; es gibt keine offenen Müllhalden mehr hierzulande [oder sie sind mir nicht bekannt].

Ein möglicher Vergleich weniger.

Derweil stinkt der Käse im Gepäck weiter vor sich hin.

Schwabenweg

Ein kleines Stück bin ich nur auf ihm gegangen. Irgendwo im Wald oberhalb von Kreuzlingen bin ich auf ihn eingeschwenkt, zufällig, keinem Plan folgend.

Auf diesem kurzen Wegstück habe ich mir überlegt, wer alles vor mir hier hinaufgeschritten ist. Nicht jene Ausflügler, die ihn gestern gegangen sind. Vorgestern. Im letzten Herbst. Sondern jene, die ihn vor langer Zeit tatsächlich als Pilgerweg benutzt haben, von Konstanz kommend, Ausgangspunkt oder Zwischenhalt, bis nach Einsiedeln etwa. Oder, um viel weiter zu pilgern, bis nach Spanien gar.

Meine Schritte verlangsamen sich, meine Gedanken wandern, ich sehe Bilder vor mir, entlehnt längst verflossenen Zeiten [die Frage, ob man nicht doch schon einmal gelebt hat vor Jahrhunderten, ist eine naheliegende und mir in solchen Momenten stets bohrend präsente, ihr wandernd nachgehen zu wollen, würde mich weit über das nächste Ziel, mein eigenes Zuhause, hinausführen, also unterlasse ich dies, so sehr es mich reizte], und fast möchte ich gar behaupten, ich hätte stumm gebetet auf diesem kurzen Stück Schwabenweg, dem ich folge. Dann trete ich auch schon aus dem Wald. Der Weg verliefe anschließend fast parallel zur alten Kantonsstraße. Ein Stück weiter im Westen führt die Autobahn durch.

Der Zauber ist verflogen, ich bin zurückgekehrt in die heutige Zeit.

Die Augen

»Was ist Ihr Problem, junger Mann?« fragt mich die alte Dame mit dem weißen, weitgehend von einer schwarzen Wollmütze verdeckten Haar. Sie schaut mich mit einem strengen Blick aus ihren klaren grauen Augen an und blickt mir, wie mir scheint, direkt in die Seele.

»Mein Problem?« antworte ich. »Ich habe kein Problem.«

»Oh, doch. Das sehe ich in Ihren Augen. Alles lässt sich aus den Augen ablesen.«

In diesem Augenblick hält die U-Bahn an der Tottenham Court Road.

Die Frau verlässt den Wagen mit zielstrebigen Schritten.

Natürlich hat sie kein Wort mit mir gesprochen.

Doch ich bin sicher, dass sie mein Problem kennt.

Dies habe ich in ihren Augen gelesen.

Offensichtlich taugt das Buch nichts

Endlich: Die Frau zieht ein Buch hervor. Ein dickes Buch. Bestimmt wird sie gleich darin zu lesen beginnen. Vorfreude kommt auf, reine, pure Freude: Endlich Ruhe, endlich wird sie ruhig sein!

Denkste!

»Lese ich ein Buch, muss es mich packen. Geschieht auf den ersten fünfzig Seiten nichts, höre ich auf damit«, erklärt sie mit ernstem Gesicht ihrem Gegenüber.

Pause.

»Ich bin bei Seite 44.«

Offenbar taugt das Buch wirklich nichts. Kaum drei Zeilen weiter geht es nämlich wieder los. Sie redet, redet und redet.

Zwischendurch die Frage an mich: »Liest du auch?«

Die Antwort interessiert keine der beiden Frauen, merke ich gleich, also belasse ich es bei einem Kopfnicken.

Schließlich landet man beim nächsten möglichen Urlaubsort. »Mauritius«, sagt jene mit dem dicken Wälzer auf den Knien mit verklärtem Blick, »derzeit träume ich von Mauritius.«

»Seychellen«, doppelt ihr Gegenüber nach, »die Seychellen sollen nicht mehr so teuer sein.«

»Nein, nein«, antwortet die weiterhin penetrant Nichtlesende, »da gibt es auf all den Inseln bloß einen einzigen Golfplatz, stell dir das mal vor!, aber Mauritius – da existieren wunderbare Plätze.«

Der nächste Bahnhof naht, das Ziel meiner Begleiterinnen. Das Buch wird zusammengeklappt. In die Tasche gesteckt.

»Du warst so still«, spricht mich das Gegenüber vor dem Aussteigen noch einmal an, »nicht gut drauf heute?«

Und fährt fort, bevor ich antworten kann: »Ja ja, Montag halt.«

Das Bild hängt schief

Das Bild im Frühstücksraum der »Residenzia Roma« an der Traversa da Gloria in Lissabon hängt schief. Es hing schon so, als ich im Herbst hier war. Ein Stillleben, das in Schieflage geraten ist.

Eines Tages, befürchte ich, werden die abgebildeten Früchte aus dem Bild rutschen, die Karaffe wird überschwappen und die Flüssigkeit erst dem Rahmen entlang gleiten und dann ihren Weg über die Wand zum Fußboden suchen, was auf dem farbig gestrichenen Mauerwerk eine hässliche Spur hinterlassen wird.

Ich wollte das Bild bereits beim letzten Besuch zurechtrücken, ließ es dann aber sein. Was, wenn dahinter ein mir verborgener Alarmmechanismus angebracht wäre? Ich hätte einigen Erklärungsbedarf gehabt und den in einer Sprache, die ich weder richtig verstehe, geschweige denn spreche!

Das Bild also hängt schief und ich denke bereits und ausschließlich an diesen einen Makel, wenn ich das Bett verlasse. Gleich werde ich diesem Werk eines mir unbekannten Künstlers gegenübersitzen, während ich meinen Käse und die Wurst vertilge und den bitteren Kaffee trinke, und ich werde mir wie jeden Morgen überlegen, ob ich den schweren Rahmen mit seinem gefährdeten Inhalt gerade rücken soll.

Dann werde ich es wiederum sein lassen, um am nächsten Tag beim Zähneputzen erneut daran zu denken. Wieder werde ich das schiefe Stillleben beim einsamen Frühstück mit meinen Augen fixieren, und erneut werde ich meine Gedanken auf die Frage konzentrieren, ob ich hingehen und es gerade richten soll.

Und ich werde es ein weiteres Mal unterlassen, bis ich mich am nächsten Morgen erneut zu fragen beginne, ob...

Und so weiter und so fort: dies ist der Lauf des Lebens.

Aus: »Vom Leben«, Roman, 2008

Dancing Queen

Die Dancing Queen in engen, roten Jeans, ein keckes Hütchen auf dem selbstsicheren Haupt, eine schicke, schwarze Jacke trägt sie, noch rasch eine Zigarette zwischen die Finger geschoben, stöckelt sie über den Platz, von der Nachtbar drüben schwappt laute Musik in die Dunkelheit hinaus, coole Jungs lassen auf dem Parkplatz die Motoren ihrer getunten Karossen dumpf röhren, der Bus fährt vor, die Dancing Queen, Schuhe gewechselt, der Blick nun müde, schwingt sich aufs Fahrrad, nur noch nach Hause!, die Bustür öffnet sich, aus dem Radio die Nationalhymne: es ist Mitternacht.

Am frühen Morgen

Ich liebe Städte an dieser Bruchstelle: Die Nacht hat sich noch nicht endgültig zurückgezogen, während der neue Tag erst dabei ist, sich den Schlaf aus den Augen zu reiben. In den Straßen herrscht noch weitgehend Ruhe. Da und dort schlurft ein Mann mit seiner Mappe am Arm, unterhalten sich angeregt, wie kann man in dieser frühen Morgenstunde bereits derart wach sein!, zwei Frauen auf ihrem Weg nach Wo-weiß-ich-hin, ein paar Arbeiter sind im Begriff, die Spuren des vorangegangenen Tages und eventuell der Nacht zu beseitigen; Menschen, die im Schutze jener Stunden, in denen alles ruht, ihren Unrat hinterlassen, gibt es bedauerlicherweise überall auf dieser Welt.

Hinter dicken Mauern der beidseitig aneinander gelehnten, sich stolz oder verlebt dem Himmel entgegen reckenden alten Häuser kleiden sich Männer und Frauen, Töchter und Söhne an, machen sich bereit für Beruf und Schule, für das Einkaufen oder spätere Flanieren, sie frühstücken: die einen gemächlich, andere bereits in jener Hast, die sie wohl durch den ganzen Tag geleiten wird. Anderswo in diesen Gemäuern fragen sich zwei Menschen, wie und ob sich weiterentwickeln kann (oder soll), was mit den verflossenen gemeinsamen Stunden seinen Auftakt genommen hat. Und wahrscheinlich, ja sicher ist auch, dass bereits zu dieser Stunde jemand in einem der vielen mich umgebenden Räume seine Stimme erhebt, selbst wenn sie noch nicht so laut erschallt, dass sie nach draußen dringt: die erste Unstimmigkeit, die der Tag geboren hat, in einer Küche, einem Wohnzimmer, durch die verschlossene Tür des schon viel zu lange mit Beschlag belegten Badezimmers hindurch: Das Orchester des normalen Lebens beginnt gleich mit seiner Sinfonie des üblichen Tagesablaufs, der Dirigent ist ans Pult getreten. Er hat den Taktstock gehoben, mit dem er die Mitspielenden bittet, ihre Instrumente auf die erste Violine einzustimmen. Nach der üblichen Kakophonie wird gleich der erste Satz einsetzen, zart, durchsichtig, jäh von einigen wachrüttelnden Paukenschlägen durchschnitten. Das Thema erklingt, individuell erlebt es ein jeder der Zuhörenden je nach Stimmung und Gemütslage. Ganz gleichgültig, ob es denn ein fröhliches oder ein tragisches, ein trauriges, ein getragenes oder flatterndluftigleichtes wäre, es wird die oder den Betreffenden jedenfalls in unzähligen Variationen durch den ganzen Tag geleiten.

Derweil erhebt sich die Sonne zögerlich über die Häuser und macht behutsam darauf aufmerksam, dass gleich die lästige Pflicht rufen wird, das Tagewerk in Angriff zu nehmen ist.

Aus: »Vom Leben«, Roman, 2008

Happy Birthday, Birdie

»Happy Birthday, Birdie. With Love Yours...«, schreibt die Frau in eine Karte. Eilig und gleichsam, als wollte sie eine lästige Pflicht rasch hinter sich bringen. Die Karte zeigt eine Piratenkatze, deren rechtes Auge von einer schwarzen Binde verdeckt ist.

Die Unbekannte steckt den Geburtstagsgruß schnell in den Umschlag, führt ihn zum Mund, feuchtet die Lasche an, drückt sie zu. Dann steckt sie das Ganze in die Tüte, die zwischen ihren Beinen steht.

Die Frau, vielleicht dreißig, groß und schlank, blickt nachdenklich vor sich hin. Als sie mich kurz anschaut, sehe ich ihre feuchten Augen. Sie hat wohl lange geweint, sich dann rasch und zerstreut zurecht gemacht. Sie kneift die ungeschminkten Lippen zusammen, die nun ganz weiß werden.

Mit großer Geduld entfernt die Frau ein Häutchen an einem ihrer Finger. Doch ihre langgliedrigen Hände zittern.

Als ich die U-Bahn an der Station Queensway verlasse, fährt sich die Frau eben mit beiden Händen durchs Haar. Fahrig. Die blonden, von grauen Strähnen durchsetzten Haare hat sie an diesem Morgen jedenfalls kaum gewaschen.

Sie hat wohl nur wenig geschlafen.

Vielleicht war sie allein.

Oder eine Geschichte, die irgendwann begann, hat überraschend und traurig geendet.

Die Türen schließen sich, die U-Bahn fährt weiter.

Nils

Schön, dass der Nils nun weiß, dass sein Papi heute nach Hause kommt und auch dort zu schlafen gedenkt. Er wird am Flughafen sein Auto nehmen und heimfahren. Vorher kauft er aber noch, was Nils sich wünscht, unter anderem Popcorn. Aber das richtige, großes Indianer-Ehrenwort!

Schöne Handy-Welt, die Familiengespräche so transparent macht und uns alle einbezieht in andere Lebensrealitäten. Mein eigenes liegt – vergessen beim hastigen Aufbruch – auf meinem Bürotisch. Niemand in diesem Zug wird also je erfahren, wohin ich fahre, und ob es auch in meinem Leben einen Nils gibt.

Wo bist zu gewesen?

»Wo bist du gewesen?« fragt sie mich.

»Dort oben«, gebe ich zur Antwort und deute auf den Hügelzug hinter uns.

»Was hast du dort gemacht?«

»Ich wollte sehen, wie es auf der anderen Seite des Hügels aussieht.«

Sie blickt mich mit Unverständnis an, weshalb ich sie frage: »Hattest du noch nie das Bedürfnis zu sehen, wie die Welt hinter dem höchsten Berg ausschaut, der am Horizont steht?«

»Nein«, gibt sie unbekümmert zu, »weshalb auch? Ich schaue nur nach vorn und da öffnet sich eine weite Ebene. Dies ist meine Welt.«

Antiquiert

Gestern in der Bahn: Rundherum sind alle mit ihren iPhones, iPads, Laptops und Notebooks beschäftigt. Ich mittendrin, in einem Buch lesend. Es war wundervoll, so herrlich antiquiert zu sein.

Zeit

Das Neujahr, das auf Silvester fiel

Da saßen wir also alle zusammen und feierten den letzten Tag des Jahres und – die Uhr zeigte es an – waren nur noch wenige Minuten davon entfernt, das neue Jahr begießen, pardon: begrüßen zu dürfen. Natürlich war die Stimmung ausgelassen und das Bier noch nicht alle. Peter war stolz auf den russischen Import-Wodka, den er extra gekauft hatte, gleichzeitig aber besorgt, da die Flasche schon fast leer war. Es sei auch noch Wein da, rechtfertigte er sich überflüssigerweise, und dabei handle es sich ebenfalls um einen ganz besonderen Tropfen, denn er komme von weit her, aus Deutschland.

Die ausgeräumte Garage war mit Papierschlangen und manchem mehr geschmückt, Opa stand seit Stunden draußen am Grill, wir saßen fast ebenso lange essend und trinkend drinnen in seinem Reich. Und irgendwo waren die Kinder mit dem Spielzeug beschäftigt, das sie zu Weihnachten geschenkt bekommen hatten.

Unbeschwert wollten wir diesen letzten Tag im Jahr genießen, fröhlich und heiter. Nur der kleine Benjamin hatte kurz die Stimmung getrübt, als er ungewollt die ebenfalls anwesende alte englische Lady von nebenan maßlos erschütterte. »Bamm«, hatte er fröhlich geschrien, als er auf den mit Pampers gepolsterten Hintern geplumpst war, was Lady Gladys natürlich wesentlich vulgärer interpretierte als wir deutschsprachigen Eltern. Geschockt und kreidebleich im Gesicht, saß sie plötzlich noch steifer im Ehrenstuhl, und der Sherry in ihrem Gläschen, das sie bislang derart würdevoll gehalten hatte, wie es die Queen nicht besser gekonnt hätte, schwappte über. Die so sehr auf Etikette bedachte Lady, die noch Königin Victoria wenn nicht persönlich, so doch aus vorbeiziehender Paradennähe gekannt hatte, ließ sich indessen beruhigen. Sie überwand den Schock umso rascher, da man ihr das schlanke Kristall sofort wieder füllte, als sie es uns – eher weniger ladylike – mit einer ruckartigen, raschen Vorwärtsbewegung ihrer zierlichen Hand herausfordernd und Hilfe erheischend hinstreckte.

Alle waren wir also wieder fröhlich gestimmt, heiter und nach den unterschiedlichen Möglichkeiten, den uns der anerzogene Spielraum gewährte, sogar ausgelassen. Die Zungen wurden mit zunehmender Dauer der Feier etwas schwerer, die Lacher etwas spitzer und lauter.

Peter war es schließlich, der das lockere Geplauder in der geräumigen, normalerweise zwei Autos beherbergenden Garage mit der Werkbank an der einen und den zur Seite geschichteten Ersatzreifen für den »Falcon« an der gegenüberliegenden Wand in andere Bahnen lenkte. Ohne Absicht natürlich, dreiundzwanzig Minuten vor Mitternacht. Mit einer simplen Frage: »Telefonierst du«, sprach er mich nach längerem Nachdenken mit unschuldig blauen, bedächtig glasiger werdenden Augen an, »jetzt dann gleich nach Hause, um deiner Mutter ein gutes neues Jahr zu wünschen?«

Die Frage mag auf den ersten Blick absolut berechtigt und schon gar nicht ungewöhnlich erscheinen, also gerieten die Gespräche darob vorerst nicht einmal ins Stocken. Es ist jedem Menschen ja völlig und sofort klar, zu welchem Zeitpunkt ein neues Jahr beginnt. Genau um Mitternacht oder dem Bruchteil einer Sekunde danach. Und Mitternacht ist definiert; sie ist auf exakt 24.00 oder 00.00 Uhr festgelegt, kein Problem und kein Spielraum für Interpretationen. Allerdings, und eben darob gerieten wir ins Grübeln und hätten wir schließlich beinahe den entscheidenden Sprung des Sekundenzeigers verpasst, existiert für Anfang und Ende eines Jahres entgegen unserer Wahrnehmung keineswegs ein weltweiter Standard.

Ich war also durchaus stolz, mit meiner Entgegnung trotz fortgeschrittener Feierstunde intellektuelle Schärfe zu beweisen: »Was soll ich denn meiner Mutter mitten am Nachmittag ein gutes neues Jahr wünschen?« Diese Antwort brachte mein Gegenüber etwas aus der Fassung. »In einundzwanzig Minuten beginnt das neue Jahr«, beharrte er nach einem neuerlichen Blick auf seine Armbanduhr auf seiner Sicht des Weltenlaufs, und alle anderen am Tisch bekräftigten diese unumstößliche, allgemeingültige Tatsache. Man hätte sich ja nicht, oder zumindest nicht aus diesem Grund, zu einer Party eingefunden, hätte es nicht genau dies zu feiern gegeben: den Jahreswechsel. Und das neue Jahr – diesbezüglich wurde keine Widerrede geduldet – hatte überall auf dem Erdball exakt zur gleichen Zeit zu beginnen: beim beherzten Sprung des Zeigers von Mitternacht in den 1. Januar. »Das wäre ja noch schöner«, meldete sich jemand von unten am langen Tisch,

»würden andere noch im letzten Jahr und wir schon im neuen leben. Unvorstellbar!«

Opa, mit einer weiteren Ladung gegrillten Fleisches in die Runde tretend, legte die Stirn in Falten. Und Oma nickte bedächtig. Noch in Deutschland geboren, wussten sie, wovon ich sprach. »Wer will noch ein Steak?«, rief Opa vorerst, während sich der Blick des zwölfjährigen Matthew verklärte. Er liebte Science-Fiction-Geschichten und war mit den anderen Kindern zurück in die Garage gekommen: »Wenn nicht überall auf der Welt das neue Jahr in exakt derselben Sekunde beginnt, dann sind ja Zeitreisen möglich.« Nicht mit »cool« mischte sich sein kleiner Neffe Alan ein – denn dieser Gebrauch des Wortes war noch nicht erfunden –, also freute sich der Kleine mit einem hellen »Super«: »Dann kann ich künftig mit einem ultraschnellen Flugzeug überall auf der Welt die Weihnachtsgeschenke persönlich abholen und bin zum zweiten Weihnachtstag wieder zurück.« Wir alle wiederum hätten uns sofort nur schon deshalb mit in dieses Flugzeug gesetzt, um auf dieser Reise mehrfach Silvester feiern zu können. »Wo führt das hin«, sinnierte hingegen Bernd, allerdings mit Schalk im Blick, »wenn wir auf dieser Welt nicht einmal mehr sicher sein können, dass das Neujahr nicht auf Silvester fällt?«

Das alles spiele doch gar keine Rolle, ereiferte sich endlich Opa: »Wir feiern hier und jetzt und damit basta. Schließlich leben wir hier und nicht in jenem Teil der Welt, der offensichtlich weniger fortschrittlich ist. Happy New Year!« Womit er den Nagel auf den Kopf traf und wir daran gingen, den deutschen Wein zu entkorken.

Ich rief meine Mutter natürlich an. Sie freute sich außerordentlich: eben hatte es Mitternacht geschlagen von der katholischen Kirche, deren Glocken sie bei geöffnetem Küchenfenster hörte.

Ob ich sie auf den Arm nehmen wolle, begehrte sie zu wissen. Mitnichten, gab ich zurück. Auf ihre Frage, ob wir schön feierten, hatte ich doch bloß wahrheitsgemäß geantwortet, ich hätte eben Honig auf das Brot gestrichen und den ersten Frühstückskaffee zu mir genommen. Sie murmelte etwas wie »komische Sitten«, diewiel Opa vor sich hin knurrte, als wir uns später im Fernsehen das Neujahrskonzert der Wiener Symphoniker ansahen: »Ein genügend schnelles Fluggerät vorausgesetzt, könnten wir jetzt nach Wien fliegen, um nach dieser Konserve vom letztjährigen das aktuelle Neujahrskonzert live zu genießen.«

Denn dieses hatte an diesem australischen Neujahrstag noch nicht einmal begonnen – drüben in Europa, das eben erst daran war, das neue Jahr willkommen zu heißen.

Was uns fehlt

Zeit ist tatsächlich fast das einzige, was uns stets fehlt und was wir nicht kaufen können. Eigenartig ist bloß, dass wir diesen Mangel zwar sehr wohl zu erkennen vermögen und das daraus resultierende, ständig präsente Gefühl des Gehetztseins mitunter äußerst lautstark bemängeln, aber dennoch nichts gegen die Hektik unseres Alltags unternehmen, beziehungsweise: uns und der Umwelt immerfort weiszumachen versuchen, diese Abwesenheit von Zeitreserven sei gleichermaßen gottgegeben.

Mitnichten!

Wir wissen auch dies sehr wohl, doch wir täuschen uns selbst, da wir nur damit unsere innere Unzufriedenheit zu übertünchen vermögen.

Sie reden und reden und reden

Solange man bloß redet, muss man nicht handeln: dies ist zu besprechen, jenes müssen wir noch klären.

Die Entscheidung verschiebt sich von heute auf morgen, von spät auf später, von Tag zu Tag und von Woche zu Woche und bald einmal von Monat zu Monat.

»Was nun?«, fragst du, des Redens längst überdrüssig. Alles ist gesagt, denkst du, es gibt nichts, das noch zu bereden wäre, glaubst du, also: »Was nun?«

Man sagt dir: »Erst müssen wir darüber noch reden.«

»Wir müssen entscheiden«, sagst du.

»Das können wir nicht, bevor wir nicht darüber geredet haben«, lautet, lapidar, die Antwort.

»Ich will wissen, was geht«, forderst du, »jetzt. Sofort.«

»Lass uns darüber reden«, schlägt man dir vor.

So vergeht die Zeit.

Dann kommt der Tag, da treten dir jene entgegen, die immer nur reden und reden und reden und niemals entscheiden und niemals handeln wollten.

Sie schweigen lange.

Schließlich sagen sie, der Vorwurf in ihrer Stimme unüberhörbar: »Wir haben geredet und geredet und geredet, wir haben alles besprochen, wie du es wolltest, die Zeit haben wir vergeudet mit dir, doch wir wollten nicht unhöflich sein. Nun müssen wir handeln.«

Und dann reden und reden und reden sie.

Als er die Augen aufschlug

Als er die Augen aufschlug, fiel sein Blick auf das kleine graue Feld. Dies beunruhigte ihn nicht weiter: »Die Batterie«, schloss er sofort, »hat den Geist aufgegeben irgendwann in der Nacht.« Er wandte den Kopf. Vor der Stereoanlage stand eine weitere Uhr. Doch trug dieser Blick ebenfalls nichts ein: sie war am Vortag um zwei Uhr, zehn Minuten und vierundzwanzig Sekunden stehengeblieben. Das Zifferblatt sagte nichts darüber aus, ob es mitten in der Nacht oder am Nachmittag geschehen war. Ihm allerdings war bekannt: sie hatte aufgehört, die Zeit fließen zu lassen, als er, auf dem Bett liegend, von der Seite 75 auf die Seite 76 umgeblättert hatte in dem Buch, das er gerade las. Nach seinem kurzen Mittagsschlaf.

Die dritte Anzeige in seinem Blickfeld, jene am DVD-Player, zeigte neun Uhr sechsunddreißig.

Er griff zu seiner Armbanduhr: acht Uhr vierunddreißig!

Er streckte sich auf dem Rücken aus, die Arme an seine Körperseiten gepresst: die Zeit hatte also, wurde ihm bewusst, ihre Bedeutung verloren: weiß man nicht mehr, wie spät es ist, so hat die Zeit aufgehört zu existieren, sie ist auf einen Schlag all ihrer Schrecken verlustig gegangen. Er dachte, ja hoffte beinahe, es werde für den Rest seines Lebens anhalten: dieses Gefühl unendlicher Erleichterung, das ihn sogleich überkam. Er würde sich nie mehr dem unmenschlichen Diktat der Zeit unterwerfen, es gäbe keine Eile und kein schlechtes Gewissen mehr, diese eine oder mehrere Minuten zu spät dran zu sein, er würde sein Leben nicht mehr nach einer Uhr richten, was immer sie auch gerade anzeigen mochte, sondern ausschließlich auf seine inneren Bedürfnisse hören.

Erwacht man und vermag man nicht zu sagen, wie spät es ist, so kann man sich allerdings auch nicht länger daran freuen, so unerwartet lange geschlafen zu haben, kam ihm in den Sinn, aber er würde sich umgekehrt auch nie mehr darüber ärgern müssen, allen Bemühungen zum Trotz früher erwacht zu sein, als er eigentlich beabsichtigte oder sich gewünscht oder sich erhofft hatte. Er würde niemals mehr weder zu spät in den neuen Tag eintreten, noch zu früh, weder genau zur richtigen, noch zur Unzeit.

Mit dem Wegfall der Uhrzeit wäre gleichzeitig alles andere weg: der Wochentag, der Monat, das Jahr, in dem er sich gerade befand, da alles sich aus diesem unablässigen Drehen der Zeiger ableiten lässt.

Er würde Batterien kaufen müssen, dachte er. Und sich an die während der Nacht eingetretene Winterzeit gewöhnen.

Der Sekundenzeiger

Der Sekundenzeiger meiner Uhr ist aus seiner Verankerung gesprungen. Er hat sich unter dem Glas dergestalt zwischen Stunden- und Minutenzeiger geschoben, dass die Uhr stehenblieb. Dies geschah just in dem Augenblick, als ich im Kopf die Zeit anhielt, um das Leben neu zu ordnen.

*Jemand hat
eine Kerze
angezündet
eine blutrote
dicke Kerze.
Die Flamme flackert
vor dem Stein ohne Namen
trotzig
in den
zerbröselnden Tag.*

Inhalt

Ich habe nachgedacht	5
Schreiben	7
Welches Genre bedienen Sie?	9
Der weiße Raum	10
Es könnte alles auch ganz anders gewesen sein	12
Dass ich mich beeilen müsse	13
Du schreibst so schön	15
Man sieht mich schmunzeln	16
Geist und Körper	17
Sein	19
Ich bin - nicht	21
Das Nirgendwo existiert nicht	22
Der Traum vom Leben	25
Vom Zwang, Bilanz zu ziehen	26
Was bleibt	28
War ich – werde ich sein?	29
Was man zum Leben braucht	30
Die Schiefertafel	32
Melancholie	33
Traurigkeit	35
Zaubern	38
Von den seltenen Momenten	41
Liebe	43
Der Schlüssel zum Leben	45
Traumgleich	46
Suchen versus fliehen	49
Von der Gefährlichkeit des Vermissens	50
Ach, lieben ...	56
Wiedergefunden im neuen Tag	57
Der Hauch einer Berührung	59

Wie Bruder und Schwester	60
Ich stelle mir das wunderbar vor	61
Wie haben wir gelacht damals!	62
Von der erwiderten Liebe	63

Unterwegs 65

Was wäre das Leben ...	67
Ich muss mich wohl umgewöhnen ...	68
Vom Ankommen und Eintreffen	69
Der Käse	72
Schwabenweg	73
Die Augen	75
Offensichtlich taugt das Buch nichts	76
Das Bild hängt schief	78
Dancing Queen	80
Am frühen Morgen	81
Happy Birthday, Birdie	83
Nils	85
Wo bist du gewesen?	86
Antiquiert	87

Zeit 89

Das Neujahr, das auf Silvester fiel	91
Was uns fehlt	96
Sie reden und reden und reden	97
Als er die Augen aufschlug	99
Der Sekundenzeiger	101

Jemand hat eine Kerze angezündet ...   103

Die Erzählungen

JAKOB, DER HAUSDIENER
(ISBN 9-783732-231041, 2012, 100 Seiten) *

AM SEE (ISBN 9-783844-819595, 2012, 96 Seiten) *

VALLEMAGGIA (ISBN 9-783844-810981, 2011, 80 Seiten) *

SILBERHERZ (ISBN 9-783842-351431, 2011, 120 Seiten)

HERZBLUTEN (ISBN 9-783839-162903, 2010, 88 Seiten) *

SEHNSUCHT (ISBN 9-783839-115855, 2. Auflage 2011, 80 Seiten) *

Die Romane

DIE ZUKUNFT DER ZUKUNFT:
ZUR VORSPEISE DIE FLAMME
TEIL 1 (ISBN 9-783842-339699, 2010, 188 Seiten)
TEIL 2 (ISBN 9-783848-225828, 2012, 256 Seiten) *

SCHERBENLEBEN (ISBN 9-783848-230693, 2012, 80 Seiten) *

UNGLÜCK (ISBN 9-783839-134382, 2009, 268 Seiten)

VOM LEBEN (ISBN 9-783837-070996, 2. Auflage 2009, 224 Seiten)

* = auch als E-Books erhältlich

www.martinwalser.ch

Bibliografische Informationen der Deutschen Nationalbibliothek
Die Deutsche Nationalbibliothek verzeichnet diese Publikation in der
Deutschen Nationalbibliografie; detaillierte bibliografische Daten sind
über http://dnb.d-nb.de abrufbar.